Flavia Lugo Espiñeiro

El muñeco del tintero
cuento para niños

ilustrado por manichal

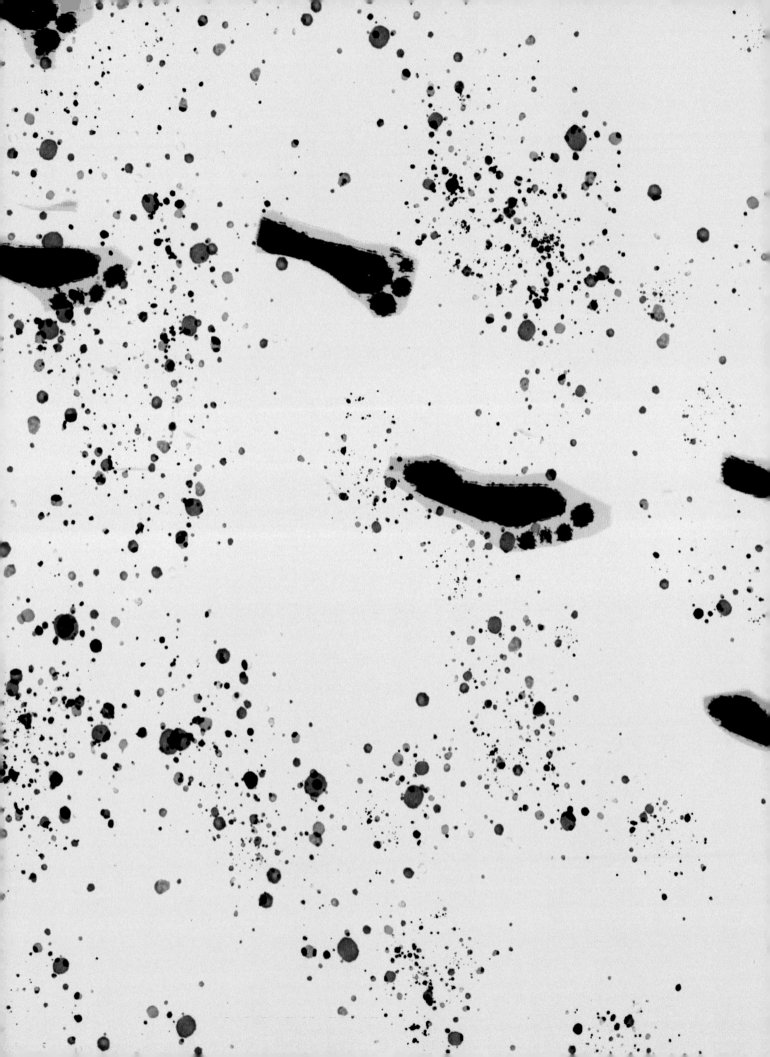

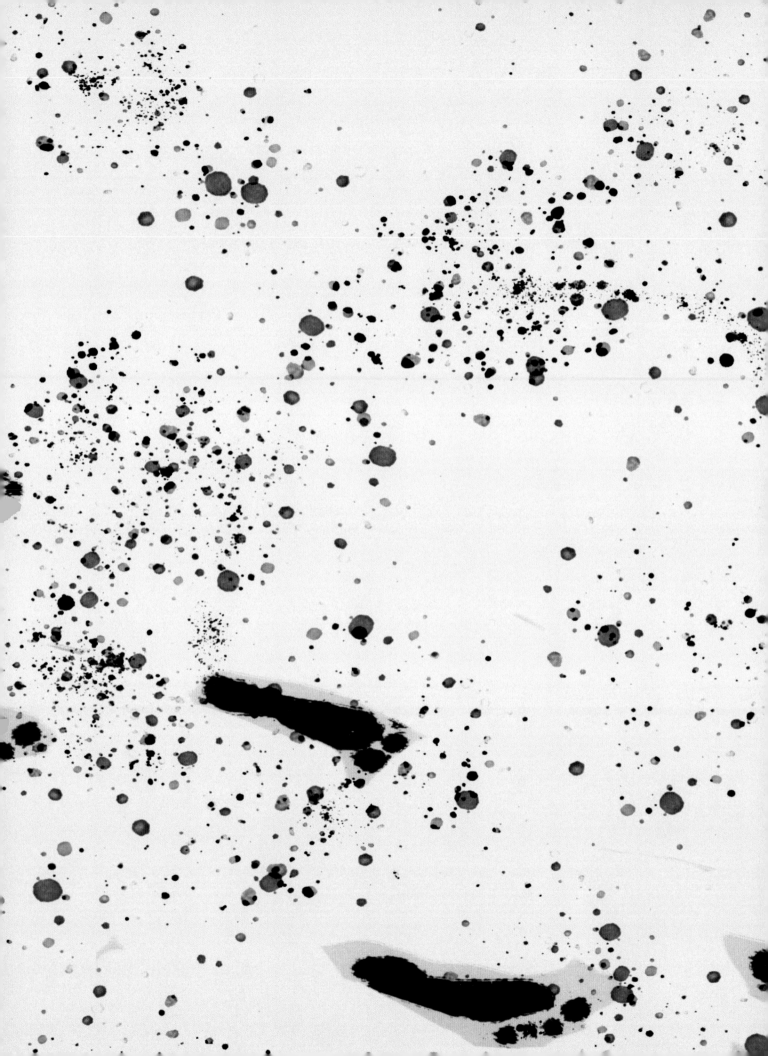

Flavia Lugo Espiñeiro es escritora,
actriz y profesora retirada de la Universidad
de Puerto Rico, Recinto de Río Piedras.

Otros títulos de la autora:
El amigo duende
Pepito Palito
La abejita traviesa
El coquí que quería ser pájaro

©Flavia Lugo Espiñeiro, 2020
flavialugo@sonic.net
Primera edición 2020
San Juan, Puerto Rico

Edición del texto original:
Poli Marichal Lugo
Tere Marichal Lugo

Diseño, diagramación,
ilustraciones adicionales,
y restauración de las ilustraciones
originales de Carlos Marichal:
Poli Marichal Lugo
www.polimarichal.com

ISBN: 9781653309474

Dedicado a

José Luis Vivaldi, mi amado
sobrino Papú en su segunda Navidad

Titi Flavia

1950.

Vengan niños, que les voy a contar un cuento...

Había una vez un escritor de cuentos para niños llamado Antonio. Los niños disfrutaban mucho con sus historias.

Un día, Antonio se encontraba muy pero que muy cansado.

—¿De qué escribiré hoy? No se me ocurre nada. Tal parece que todas las ideas se hubieran ido de mi mente.

—¡Ay, qué sueño tengo!
¡Ahhh! —bostezó Antonio.

Y se fue quedando
profundamente dormido
sobre un montón de papeles
que había sobre su escritorio.

De pronto, Antonio estiró un brazo y... ¡Pum!
Su mano chocó con el tintero, y la tinta se derramó sobre
el escritorio formando un río que corrió hasta un papel
blanco, donde se detuvo.

¡Y algo verdaderamente asombroso ocurrió!

De la tinta empezó a surgir un muñeco que comenzó a
crecer, y a crecer, y a crecer, hasta tener el tamaño de un lápiz.

Era un muñequito negro, alegre y simpático que enseguida empezó a saltar por todo el escritorio.

—¡Qué feliz me siento! —decía a toda voz el muñeco del tintero.

El escritorio de Antonio era para él una gran pista de baile por la cual empezó a bailar, dejando el rastro de sus huellas por todas partes.

¡El muñeco del tintero era incansable!

Un lápiz
que había cerca
lo observaba
curioso y
le preguntó:

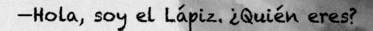

—Hola, soy el Lápiz. ¿Quién eres?

—Soy Topipe, el muñeco
del tintero.

—¿Topipe? ¿Y de dónde
vienes?

—¡Salí del tintero! —le contestó
Topipe, sonriendo.

—¿Y piensas quedarte a vivir en este escritorio? —le
preguntó el Lápiz, curioso.

—¡Qué va! Yo quiero ser libre y viajar por todo el mundo.

—Pues, ¿qué esperas? A volar, Topipe, que para luego es
tarde. Pero ojo, que hay muchos peligros por ahí. —le
advirtió el Lápiz.

—A mí nada me asusta. Yo soy Topipe y nadie me puede
detener.

Y el muñeco del tintero siguió su marcha, muy pero que
muy contento.

Y mientras marchaba, cantaba:

-Yo soy Topipe,
el muñeco del tintero.
Brinco, salto,
canto y bailo.
Voy a donde yo quiero.

De pronto, Topipe vió su reflejo en la lámina de cristal que cubría el escritorio, y se detuvo asombrado.

-¿Qué veo? ¿Quién es ese muñeco que vive en ese piso tan brilloso?
-se preguntó.

Entonces escuchó una dulce voz que le contestó:

-Eres tú. Ese es tu reflejo.

-¿Ese soy yo? ¡Pero qué porte tengo, y qué melena me gasto! Y tú, ¿quién eres? Te saco la lengua, me sacas la lengua, brinco y tú brincas.

-Soy un cristal. En mí te ves cual eres.
-le contestó el Cristal.

-¡Qué lindo soy! Ojalá mi reflejo pudiera salir a jugar conmigo. -dijo el muñeco del tintero.

-Ahí sí que no te puedo ayudar. No soy mago, soy un cristal.

Y Topipe siguió caminando y pensando en su reflejo. ¡Cómo le gustaría tener un amigo que fuera igual a él!

Y siguió su camino cantando a viva voz.

—Soy Topipe, el muñeco del tintero.
Paso a paso voy marcando
el camino que yo quiero.

Ando solo por la vida.
¿Quién me quiere acompañar?
Vamos a explorar juntos
este mundo sin igual.

Por fin, Topipe se detuvo frente al Tintero virado, que lloraba lágrimas de tinta.

—¡Ay de mí! Me estoy quedando sin tinta y Antonio no podrá escribir más cuentos cuando despierte.

—¿Quién es Antonio? —preguntó Topipe.

—Es el escritor de cuentos. Tú naciste cuando él, en su sueño, me pegó un palmazo y viró mi tinta, y de ella saliste tú. Soy muy pesado y no me puedo enderezar. ¿Me podrías ayudar? —le preguntó el Tintero.

—¡Claro que sí! Déjame tratar.

Y Topipe trató y trató, y empujó con todas sus fuerzas, pero el Tintero estaba muy pesado.

—¡Ayyy, no puedo! Deja ver si encuentro ayuda.

Topipe corrió por el escritorio donde se topó con un libro muy grande, y lo abrió.

—Hola, soy Topipe, el muñeco del tintero. ¿Quién es usted?

—¡Yo soy un libro de canciones!

—Señor Libro, ¿me podría ayudar? El Tintero se viró y no se puede enderezar.

—Tal vez si le cantas, podrá sacar fuerzas para levantarse. Aquí hay una canción que a mí me gusta mucho:

Aserrín, aserrán,
los maderos de San Juan.
Los de Juan, comen pan.
Los de Pedro, comen queso.
Y los de Enrique, alfeñique.
Riquitriquí, riquititrán.

—¡Qué bonita! Pero no es lo que necesito. Gracias de todas maneras.

Y en un santiamén, Topipe salió corriendo a todo tren.

—¡Espera! ¡No te vayas tan pronto! —le gritó don Libro.

Topipe necesitaba encontrar ayuda urgentemente. Así llegó hasta un papel carbón que estaba en el tope de una pila de papeles.

—¡Oye, eres tan negro como yo! ¿Quién eres? Yo soy Topipe.

—¡Yo soy el Papel Carbón! —respondió ufano su nuevo conocido.

—¿Me podrías ayudar a enderezar el Tintero?

—¡Sí! Has llegado al lugar preciso! Escucha bien.

—Soy todo oídos. —respondió Topipe, curioso.

—Pon un papel blanco debajo de mí, lánzate sobre mi superficie, y ya verás.

Topipe siguió las instrucciones del Papel Carbón, y se lanzó sobre este.

¡Y cuál fue su sorpresa al ver que de debajo del Papel Carbón salía otro muñeco igualito a él!

—¡Por fin tengo un amigo con quien jugar! Yo soy Topipe, y tú te llamarás Topepe. ¿Te gusta tu nombre?

—¡Me encanta mi nombre! —exclamó Topepe.

—Estupendo, Topepe. Y ahora, necesito que me ayudes a enderezar al Tintero, que está sufriendo mucho.

—¡No hay más que hablar! ¡Vamos donde él!

Y muy contentos, Topipe y Topepe corrieron a través del escritorio dejando las huellas de sus pies por todo el suelo, y salpicando manchas por todos los papeles que había sobre el enorme escritorio de Antonio, que seguía roncando sin darse cuenta de nada.

Los dos muñecos eran verderamente incansables y estaban decididos a ayudar al Tintero.

Tanta algarabía alertó a la señora Goma, que había despertado de su siesta para encontrar el escritorio lleno de manchas y con el Tintero virado.

—Pero, ¡esto es un desastre! ¿De dónde salieron estas manchas? Yo soy una goma responsable y trabajadora que siempre ha mantenido el orden en este escritorio. ¡Qué horror! ¿Alguien me puede decir qué está pasando aquí?

Y mirando a su alrededor, vió a Topipe y a Topepe corriendo hacia el Tintero dejando un rastro de manchas, y se fue tras ellos.

—¡Alto ahí, muchachitos! —les ordenó doña Goma.

—Y esa, ¿quién es? —preguntó Topepe.

—No tengo idea, pero no nos podemos parar para conocerla.

Por fin, Topepe y Topipe llegaron al Tintero.

—Topepe, aguántalo por detrás en lo que yo empujo por el frente. ¡Vamos, con fuerza!

—Tengan cuidado chicos, que soy algo delicado. Acuérdense que soy de cristal. —gimió el Tintero.

Topipe y Topepe sacaron fuerzas de donde no tenían, y lograron enderezar al Tintero, que lloraba lágrimas de alivio.

—¡Gracias! ¡Gracias! ¡Me han salvado la vida! —exclamaba el Tintero.

Todos los habitantes del escritorio estaban felices
de ver al Tintero otra vez de pie, y verdaderamente
agradecidos con Topipe y Topepe, los recién llegados
al pequeño mundo que Antonio había creado para ellos.
Bueno, todos menos uno, o mejor dicho, una...

Sin aliento, y enfurecida porque habían manchado el escritorio, doña Goma los alcanzó. Los demás personajes salieron despavoridos. Topipe y Topepe del susto no se podían mover.

El Tintero, que les estaba muy agradecido, quiso ayudar a Topipe y a Topepe. Doña Goma se acercaba amenazante, borrando y limpiando las manchas con frenesí.

—¡Escóndanse dentro de mí! ¡Aquí no los podrá borrar porque ésta es su casa!

—¡Buena idea! ¡Vamos, Topepe! ¡Hemos llegado a nuestra casa!

Los dos muñecos saltaron dentro del Tintero en un dos por tres, y desaparecieron sin que doña Goma se diera cuenta.

—¿Dónde están? ¿Dónde están? —se preguntaba doña Goma, sin encontrar la respuesta.

Desde dentro, Topipe y Topepe se reían sin cesar, mientras doña Goma le daba vueltas al Tintero enfurecida.

Topipe y Topepe se hacían compañía, y podían jugar y jugar dentro del Tintero sin manchar el escritorio de Antonio.

Poco después, Antonio despertó. Se sentía como nuevo después de su larga siesta y, sin chistar, se puso a trabajar. Tenía muchas ganas de llenar páginas y páginas de cuentos.

¿Y saben qué cuento escribió? Pues el mismo que les acabo de contar:

El muñeco del tintero

Y aserrín, aserrán
unos vienen, otros van.
Y, mientras duermen, tralalán,
muchos cuentos más vendrán.

**La escritora Flavia Lugo Espiñeiro nos cuenta
como nació *El muñeco del tintero*.**

En el mes de diciembre de 1950, Carlos Marichal, quien entonces era mi novio, me dijo:

—Dame uno de los cuentos que escribes para el programa *Alegrías infantiles*. Lo ilustraré, y prepararé un libro para tu sobrinito Papú.

Y así fue como en sus manos de artista, *El muñeco del tintero* se convirtió en un hermoso libro para niños.

Papú (José Luis Vivaldi, hijo), quien entonces tenía dos años, disfrutó mucho con el libro hecho a mano que le obsequiamos, y los garabatos y manchas que hoy tiene el libro original dan fe de lo mucho que lo ojeó de pequeño.

Aquel niño, tan inteligente, fue desarrollando un profundo amor por la naturaleza que lo llevó a obtener un doctorado en Biosistemática y Ecología en la Universidad de Cornell. Uno de los proyectos que forjó como ecologista fue el programa para la conservación de la cotorra puertorriqueña.

En 1991, Papú murió de cáncer prematuramente a los cuarenta y tres años. Su madre, mi hermana María Amelia, guardó muchas de sus pertenencias, entre las cuales estaba *El muñeco del tintero*.

Hoy, con la ayuda de mis hijas Flavi, Poli y Tere, hemos editado el cuento original. Poli ha digitalizado y restaurado el libro ilustrado hecho a mano por Carlos, que se encontraba algo maltratado por el uso y los años, y ha añadido algunas ilustraciones adicionales. Así es que hemos logrado poder publicar esta edición de *El muñeco del tintero*, la que dedicamos, en nombre de Papú y de Carlos, a todos los niños de Puerto Rico y del mundo.

José Luis Vivaldi Lugo
1948-1991

Conoce a la autora: Flavia Lugo Espiñeiro

Flavia Lugo Espiñeiro nace en 1926, en Yauco, Puerto Rico, en el seno de un hogar humilde pero lleno de libros. Sus padres, José Lugo y Marina Espiñeiro, ávidos lectores y contadores de cuentos y anécdotas, alimentan la imaginación de esta escritora desde su tierna infancia.

Flavia se distingue desde niña por sus dotes histriónicas, y es en el Colegio de las Madres, en donde estudia con beca, que su amor por la actuación se afinca al participar en numerosas y exitosas producciones teatrales.

Al continuar estudios graduados en la Universidad de Puerto Rico, conoce al que poco tiempo más tarde sería su esposo, el artista español Carlos Marichal.

En ese entonces, Flavia comienza a trabajar como escritora en un programa radial para niños de la WIPR, donde tiene como jefe al dramaturgo Francisco Arriví. Aunque no contaba con experiencia alguna escribiendo para niños, al poco tiempo Arriví le asigna escribir un cuento diario, y sus compañeros de trabajo la apodan "el rayo de la maquinilla". Llega a escribir alrededor de 300 cuentos para el programa, incluyendo *El muñeco del tintero*. Desgraciadamente, la mayor parte de ellos se perdió en un fuego en la estación.

Con el pasar de los años, Flavia y Carlos tienen seis hijos, lo cual no les impide tener una vida creativa y llena de retos. Flavia trabaja como libretista para programas de televisión, y también como actriz de teatro en importantes producciones locales durante lo que hoy se considera la época de oro del teatro puertorriqueño. En muchas de ellas, Carlos es el escenógrafo y diseñador de vestuario.

En diciembre de 1969, Carlos Marichal fallece y Flavia se ve con seis niños que criar sola. En enero de 1970, comienza a enseñar en la Universidad de Puerto Rico, Recinto de Río Piedras, y estudia de noche para lograr terminar la maestría. Su tesón y dinamismo la llevan a obtener una plaza en el Departamento de Estudios Hispánicos, en donde llega a ser una de sus profesoras más queridas y populares. Muchos de los que participaron en las huelgas universitarias de los 70 y 80 la recuerdan como una infatigable defensora de los estudiantes. Flavia llega a ser Decana de Estudiantes de la Facultad de Humanidades, así como Ayudante del Rector de la UPR. También produce, escribe y es presentadora de *Síntesis universitaria*, el primer programa televisivo de la estación de la UPR. Además, tiene a su haber guiones para cine documental, presentaciones para libros, varios cuentos infantiles, y una obra teatral para niños.

En el 2013, La Fundación Puertorriqueña de las Humanidades la nombra Humanista del Año, por su extensa aportación a nuestra cultura. En el 2017, su obra teatral, *El amigo duende*, la obra infantil que más se ha montado en Puerto Rico, debuta en el Teatro del Museo del Barrio de Nueva York, en una exitosa adaptación musicalizada.

Esta prolífica y talentosa mujer, que hoy sobrepasa los noventa y tres años, continúa activa, revisando sus cuentos inéditos con miras a publicarlos, y compartiendo con su numerosa familia y amigos.

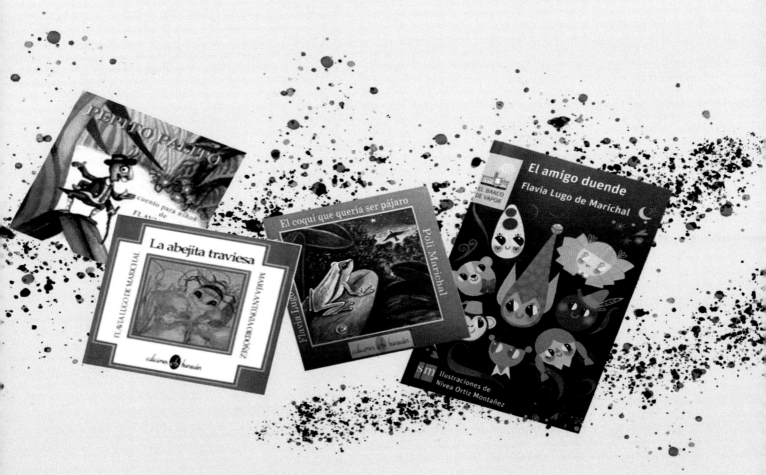

Conoce al ilustrador: Carlos Marichal

Carlos Marichal nace el 24 de junio de 1923, en Santa Cruz de Tenerife, Islas Canarias. Su vocación artística aflora desde muy joven. Al estallar la Guerra Civil Española, sale de España y, tras mucho viajar, recibe visa de México, país que acoge a muchos intelectuales y artistas exilados de la debacle europea.

En 1942, se matricula en la Escuela de Artes del Libro, donde se gradúa de Maestro de Grabado. En la nación mexicana trabajó como ilustrador de libros y revistas para la Secretaría de Educación Pública. También fue miembro de la Sociedad de Grabadores Mexicanos y director técnico del Palacio de Bellas Artes, para el que realizó importantes escenografías para Louis Jouvet, Alicia Markova y otras grandes figuras del teatro y del ballet.

En 1949, tras enseñar diseño teatral en Middlebury College, Vermont, es invitado por la Facultad de Humanidades de la Universidad de Puerto Rico, Recinto de Río Piedras, para ejercer como director técnico del Teatro Universitario y como profesor en el Departamento de Bellas Artes.

Marichal es uno de los más destacados y prolíficos ilustradores de libros, carteles e ilustración publicitaria de las décadas del 50 y 60 en la isla. En 1951 creó el primer curso de gráfica que se ofreció en la Facultad de Humanidades de la UPR-RP, y estableció un taller muy frecuentado por los artistas del Centro de Arte Puertorriqueño, como Lorenzo Homar, Carlos Raquel Rivera, José Antonio Torres Martinó, Rafael Tufiño, Félix Rodríguez Báez y Rubén Rivera Aponte. En 1969, el Dr. Osiris Delgado lo llamó "el padre de las artes gráficas en Puerto Rico."

Tras una larga enfermedad, este gran artista, padre, esposo y ser humano, muere en San Juan, el 29 de diciembre de 1969, a los cuarenta y seis años.

La valiosa aportación de Carlos Marichal al diseño teatral, tanto en la UPR, como en los Festivales de Teatro Puertorriqueño e Internacional del Instituto de Cultura Puertorriqueña, así como en las producciones de los Ballets de San Juan, El Tinglado Puertorriqueño, y muchas otras compañías, fue vital para el desarrollo de nuestro teatro nacional. En su honor, la Sala de Teatro Experimental del Centro de Bellas Artes lleva su nombre.

En la pintura, su obra demuestra un estilo realista, inspirado en el entorno puertorriqueño y caracterizado por la utilización de una pincelada suelta, repleta de pigmento, la cual refleja su habilidad como dibujante. La obra de Carlos Marichal se encuentra hoy en día en múltiples colecciones públicas y privadas.

Aquí les incluimos varias de las páginas originales para que puedan apreciar la transformación del libro original a esta nueva versión.

El manuscrito original de *El muñeco del tintero* fue escrito e ilustrado a mano, y se encontraba maltratado por el uso y los años, por lo tanto, el proceso de restauración fue uno largo y trabajoso. Cada página fue digitalizada para poder borrar manchas y garabatos, y devolverles su lustro original. El texto, hecho en caligrafía a plumilla por Carlos Marichal, fue revisado por la autora y las editoras, y se reemplazó usando una tipografía más legible y uniforme. Las ilustraciones originales, en formato apaisajado, fueron adaptadas para la conformación vertical de esta nueva versión, y también para lograr una mejor armonía con el texto revisado. Finalmente, se crearon algunas ilustraciones adicionales siguiendo el estilo del ilustrador original.

Pues niñitos, había una vez un escritor de cuentos para niños, llamado Antonio. Los niños se volvían locos de contento cada vez que leían un cuento de Antonio. Pero este Guen Señor que deleitaba a los niños, tenía que escribir un cuento todos los días. Y eso es muy duro, ¿saben? Pues sucede que un

día, nuestro escritor se encontraba falto de recursos... "¿De qué escribiré hoy? No se me ocurre nada. Tal parece que todas las ideas hubieran huído de mi mente... Tengo sueño... y se fué quedando dormido. ...

III

De pronto, Antonio estiró un brazo...

Y el tintero, lleno de tinta muy negra, se derramó en el escritorio.

La tinta corrió por el escritorio... Al fin, llegó a un papel blanco. Allí se detuvo... Y de la tinta empezó a surgir un muñeco...

IV

Crecía... crecía... y creció hasta tomar el tamaño de un lápiz.

Era un muñequito simpático, alegre y negrito como un carbón. En cuanto estuvo formado, empezó a saltar por todo el escritorio.

Pero se cansó de saltar... y empezó a bailar...

Era incansable el muñequito. El escritorio era para él una pista. Por fin se acercó al lápiz.

IX

enderecen.

TOPIPE: UY, no. Quiero ver mundo.

Y SIGUIO SU MARCHA POR EL
ESCRITORIO ...
DE PRONTO SE ENCONTRO CON EL LIBRO.
ERA UN LIBRO GRANDE, MUY GRANDE.
LO ABRIÓ Y ...

TOPIPE: ES UN LIBRO DE CANCIONES
Mmmmm. AQUÍ HAY UNA QUE ME
GUSTA

ASERRÍN, ASERRÁN
LOS MADEROS DE SAN JUAN
LOS DE JUAN, COMEN PAN
LOS DE PEDRO, COMEN QUESO
LOS DE ENRIQUE ALFEÑIQUE
RIQUITRIQUI, RIQUITRAN.

PERO ...¿ QUE HAGO? TENGO QUE
CONOCER A TODOS LOS QUE VIVEN AQUÍ... Y
CONTINUO SU MARCHA.

XIV

ANTONIO : MI CUENTO... MI CUENTO...

¿Y SABEN USTEDES QUÉ CUENTO
ESCRIBIÓ ANTONIO? PUES EL
MISMO QUE LES ACABO DE
CONTAR.

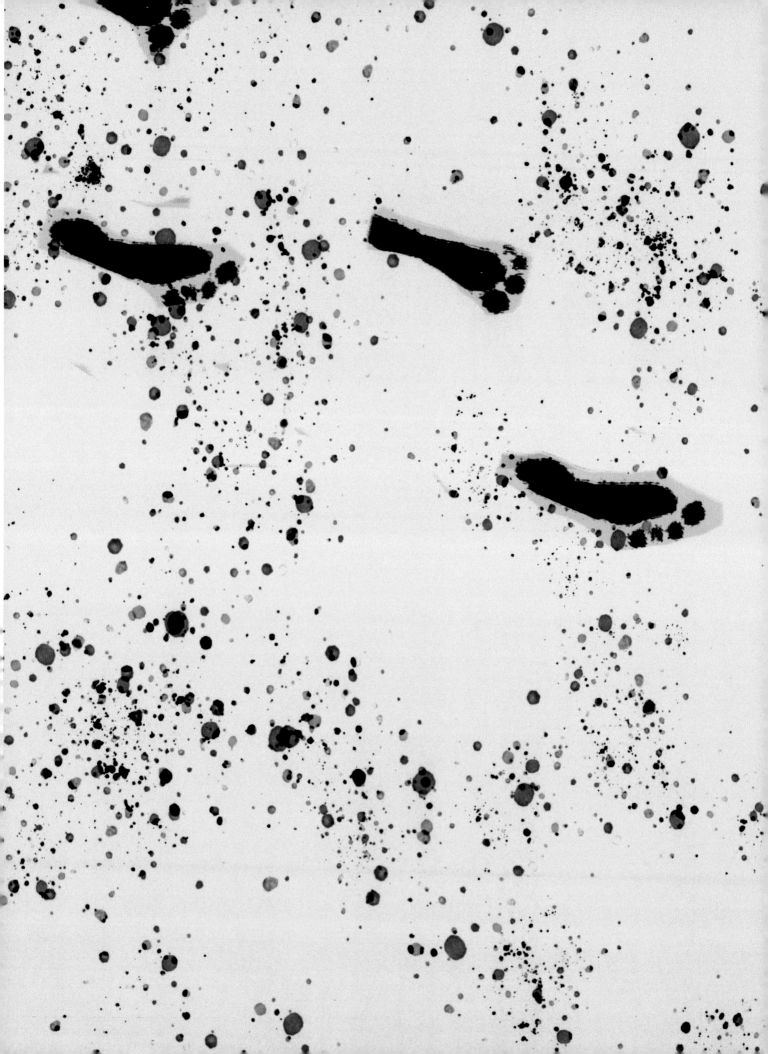

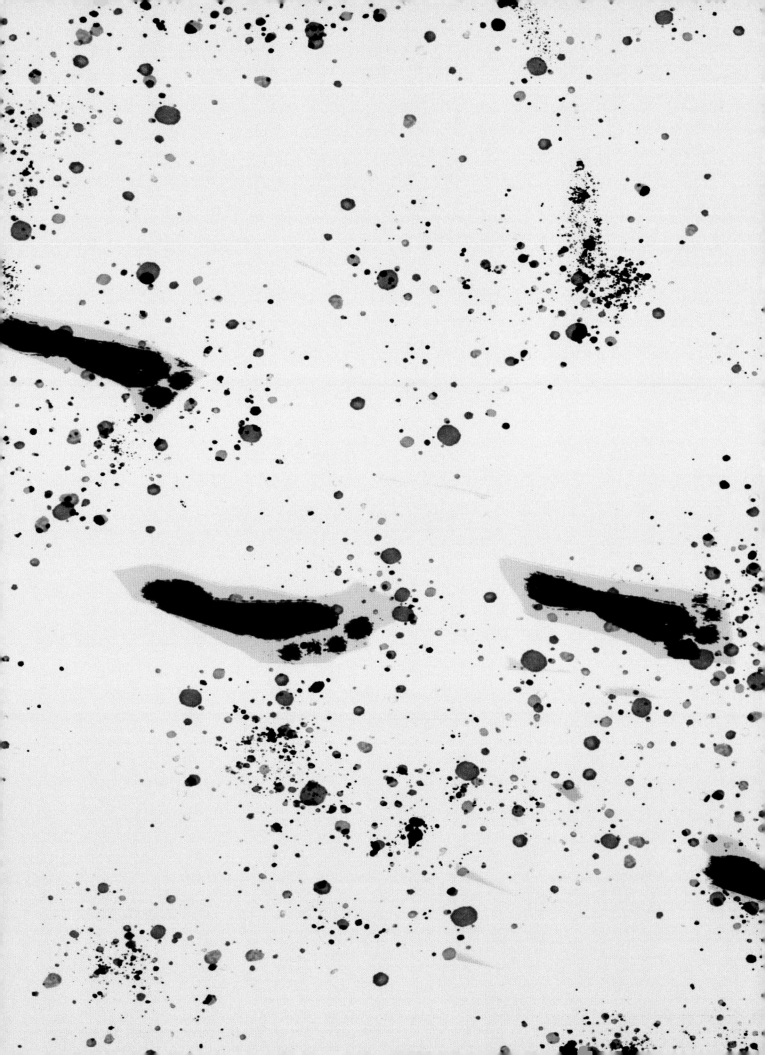

Esta edición de
El muñeco del tintero
marca el cincuentenario
de la muerte de
Carlos Marichal.

1969 – 2019

Made in the USA
Monee, IL
13 February 2020